KB107247

나,
할 말이 있어

나,
할 말이 있어

글 · 정량미

쏠트라인
SALTLINE

차례

옛날 옛적에 한 소녀는

자신을 지켜 줄 강철로 된 울타리를 갖는 게 소원이

었어요

– 「울타리」

무엇인가를 자꾸 닫는 버릇이 생긴 것은

철이 들고 나서인 것 같다

아니 어쩌면 겉으로 드러나지 않은 사춘기 때부터인
지 모르겠다

세상이 주는 불신으로부터 나 자신을 보호할 수 있는

유일한 방법이었을 것이다

그래서 난 아궁이 위로 올라가는 앙큼한 고양이가
되기 일쑤였다

그래도 뭐

괜찮았다

지금도 난 그 아궁이에서 나오는 연기를 꽤 많이 마

셔본 암고양이로 현재 진행 중이니까

　한 번씩은 나도 닫았던 것들을 열기도 한다는 것을,

　사람들은 알런지 모르겠다

　- 「닫다」

새벽 산책길에서 만나는 한 여인이 있다

나는 단박에 반해버렸다

한 번의 눈인사도 나누지 않은 그 여인한테

갸름한 얼굴에 한 군데도 이쁘지 않은 곳이 없는

그녀를 힐끔거리는 나는

질투에 사로잡혔다

그냥 바라보기만 해도 사랑스러움이 묻어나는

그녀의 향기

– 「질투」

나는 사진 찍는 걸 무척이나 좋아하고 즐긴다

그중에서도 길을 찍는 게 좋다

그래서 종종 낯선 정류장에서 내리곤 한다

아무도 나를 모르는 곳에 내린다는 것은

퍽 설레는 일이다

오늘은 나를 내려놓고 떠나는 버스 뒷모습을 찍었다

그랬더니

버스정류장이 이야기를 시작했다

— 「버스정류장」

아직도 내 손가락 하나를 차지하고 있는 흔적

첫 월급으로 산 자수정 은반지

나하고의 약속

내게 보내는 응원

그날 아침 첫눈이 내렸다

– 「첫 월급」

참 치명적인 단어인 까닭에

누구에게나 사랑받고 선택을 받게 된다

－「매력」

문자왔숑

문자왔숑

보고 싶다

− 「메시지」

업데이트시키고 싶으면 누르면 되던 걸

내일 아침엔 네 이름을 눌러볼까봐,

– 「새로 고침」

한동안 살았던 시골에선

까치 울음소리가 그렇게 반가웠더랬다

밤새 속앓이를 하고 미련 한가득 실어

보내던 첫차

무슨 좋은 소식 하나 오려나 싶어

대문밖에 귀대고 눈 달아 놓은 적 많았다

그 기분 좋은 기다림

지금은 가끔씩

베란다 쪽에서 비둘기 한두 마리가

구구—

— 「좋은 소식」

늘 그랬던 것 같다

나에게 불운은 한꺼번에 온다

태풍처럼

내가 있는 이 자리에 너무나 익숙하게

자리 잡았다, 싶은 찰라

그러니깐 태풍의 눈처럼 너무나 평화스러울 때

매정하게 엄청나게 와서

정신을 못 차리게 한다

일어설 힘조차 남아 있지 않을 때

무지개가 뜬다

— 「불운」

가진 것이 없는 사람은

짜장면 한 그릇을 먹으면서도 눈치를 보게 된다

그것은 누가 뭐라 해서도 아니다

안타깝게도 오래된 습관 같은 것이다

없는 게 죄인 세상

그래서 사람들은 자꾸만 등에 짊어진 집 속으로

자신의 모습을 숨기고 사치를 부린다

꼭꼭 숨겨도 보이는 것들을

잘 모르면서

─ 「사치」

적절한 때

적절한 곳에

적절한 말로

찍어야 할 문장부호

잘못 찍으면 내 발등이 깨지기도 하지

– 「마침표」

차분히

서두르지 않고

결코 잊을 수 없는 목소리로

다정히 내 이름을 부르는 그대가

참, 고맙다

– 「부르다」

애써 무시하고 싶은 것

언제나 그 질긴 고리

때로는 머리로 꼬리로

동그라미 안에서 맴돌고

맴돌다 깨지기 너무 쉬운

사기그릇

오늘 또 하나가 깨졌다

ㅡ「관계」

매 순간 미안한 사람이 있었다
너무나 미안해서 '미안하다'라고 말조차 못 하고
항상 눈치만 보고 있었는데
그 사람이 결국 '너 때문에 내가 너무 힘들다'고
말했다
'별거 아니다'라고 힘이 되어 주던,
몇 안 되는 힘 중 하나를 잃어버렸다
그게 내 탓임이 참 슬프다

— 「별거 아니다」

사랑 결핍으로 인하여

사과나무 꽃이 피질 않았다고 했다

다짜고짜

그런 말을 하는 그는

두 눈이 휑하니 흡사 사이코패스 같았다

백설공주가 프린트된 작은 우산을 들고

춤을 추듯 걸어가는 그가 필요한 것은 무엇일까

— 「결핍」

길고양이는 자기를 키워 주는 사람을 스스로 간택한다고 한다

그거 참, 얼마나 당당하고 멋진 자신감인가

스스로 무언가를 찾는 일은 눈부시다

자신에 대한 확신을 밑바닥에 두고 있어야만 가능한 일일 것이다

바람이 분다

이제 한 계절을 막 끝내고 신나게

이따금 내게서 나오는 눈부심을 나는 안다

– 「스스로」

음,

내가 알고 있는 것은 무엇일까?

사람들은 누구나 희망적이라는 것

그러나

희망만으로는 살 수 없다는

아이러니도 알지

또한, 그것은 얼마만큼 그 희망을 향해

달리느냐에 따라 바뀐다는 진실

그래서

난 희망적인 너희들이 좋다

－「안다는 것」

(머 뭇 거 리 며) 사랑해

하고 수줍게 말하고 뛰어가는

그림자가 나오는 연속극

참 설렌다

－「머뭇거리다」

언제나 너를

항상 당신을

이제 그대들을

언젠간 나를

흔들리지 않는 시몬스침대처럼

– 「믿어주다」

느리지만 강한 것

그래서 더 무서운 것

아무도 모르게 젖어 드는 것

알고 나면 이미 늦어버리는

－「서서히」

습관처럼 약속을 한다

나 자신에게 주문 걸 듯

그러면 그 어떤 누구하고 하는 약속보다

굳은 의지로 나를 버티게 하는 힘이 되어 준다

어쩔 땐 그 약속 때문에

나 스스로를 힘들게 할 때도 많지만

그 약속은 약속이나 한 것처럼

아침마다 내 마음속에 나팔꽃을 피어나게 한다

– 「약속」

오늘 나는 거울을 33번 보았다

아침에 눈을 뜨면서 11번의 나를 만났다

아직도 파랑새 한 마리 가슴에서 날갯짓하는데

그새 나이를 이만큼 먹어버렸나

폭염 주의보 문자가 어김없이 날아오고

땀방울이 샘물처럼 쏟아지는 정오

시큼한 냄새가 나 거울을 본다

마치 강아지처럼, 아니 먹잇감을 찾는 들짐승처럼

킁킁거리며 핼쑥해진 마음 하나 코에 부벼 넣고

돌아선 오후, 내내 사방에서 반짝거리는 거울

－「거울」

엄마 이제부터는 이렇게 말해

"나는 폐경기가 아니고 완경기야!"

선택받은 나이

나는 단단한 껍질 하나를 벗느라

아프다

온몸에서 나오는 또 다른 나의 촉들로 인하여

온몸이 타오르고 있다

밀려드는 졸음을 잠시 받아드려야겠다

– 「졸음」

알지 못했다

죽어도 알지 못했다

좀 더 일찍 말하지 못 한 걸

차라리

우리 지금부터 시작하는 것이

바로 이 시간이면 충분하지 않을까?

－「차라리」

당신은 절대로 저를 혼자 있게 내버려 두지 말아
주세요

－「내버려 두다」

여전히 나의 가방은 목적지를 찾지 못한 까닭으로

길게 내 손목을 이끌고 바람 속으로만 간다

어느 마을 어귀에

해당화가 흐드러졌는데 '하필'

네가 미치게 그리워 잠시 머물기로 한다

왜 이곳이 '하필' 목적지가 되었을까?

마을 이정표가 나를 내려다보며 실눈을 뜬다

– 「목적지」

향을 피워 난,

어느 날부터인가 초 대신 향을 피운다

내 방 깊숙이 들어가 웅크린 채

가만가만

내 안에 있는 향기 나는 날개를

이리저리 한낮의 고양이처럼

핥아댄다

핥으면 핥을수록 짙어지는

－「향기」

어제가 똑같고 오늘도 역시 똑같아

아마 내일도 똑같을 거야

내가 당신을 생각하고 그리워하고 잊겠다고 다짐하

고 또

다시 그리워 생각하고

잊겠다고 다짐하고

늘 당신은 나에겐 되돌이표

－「되풀이」

공허한 그대의 커다란 동그라미 안을

꽉 채우고 싶다

 - 「차지」

언제부터인가

그의 심장은 더 이상 뛰지 않았다

더 이상 새로울 것 없는 시간은

더디기만 했다

그래

그에게 있어서 나는 이미

죽은 사랑이니까

　－「이미」

마음이 나에게 물었다

'나는 지쳤어, 더 이상 애쓰고 싶지 않아

 그래도 될까?'

나는 맥없이 바람만 잡았다 놓았다

1시간 뒤

가만히 마음을 안아 주었다

– 「질문」

무지개가 떴다

그 위를 걸어 보았다

희망을

처음 본 것이었다

– 「처음 본」

창으로 불어오는 습한 바람

당신

씁쓸하면서 달디 단

내게로 걸어오는 마음

잠시 멈춰 주세요

— 「불안정」

그런 문장이 내게 없는 까닭으로

하루하루

빈 원고지 앞에 빈 마음으로 세상을 향해

나서지도 못하고

새벽이 올 때까지

울고 있습니다

– 「어떤 문장」

히히

그렇게 속삭이지 말아주세요

따뜻한 기운으로 나를 유혹하지 말아줄래요

ㅎ ㅣ ㅎ ㅣ

– 「귓속말」

나는 지금 가장자리에 앉아서 무얼 하고 있지?

빗방울이 떨어지네

빗방울 속에 갇힌 나도 자꾸만 처마 끝으로

기어들어가 땅으로 밑으로 숨으러

오늘도 당신의 중심으로부터 멀어지려

허우적거린다

− 「가장자리」

무엇인가를 표현한다는 것이

얼마나 신비스러운 일인지

그 과정에서 오는 희열감!

멋진 단어 문장을 발견할 때마다

새끼발가락이 간지럽다

─「표현하다」

내가 직장에서 가장 많이 듣는 말

"오늘도 즐겁게 일하시기를 바랍니다

그리고 가장 중요한 것은 다치지 않는 것입니다"

그렇게 시간이 지나고 제일 즐거운 시간이 다가옵니다

– 「퇴근길」

지금부터 자려고 한다

– 「낮잠」

새로운 것에 대한 맹목적인 흥미가 있다

사람들에게는

새옷 새차 새집 새책……

그 수많은 새로운 것들에 대한

기대와 환상이 있기 때문일 것이다

지금 그대는 새로워지고 있는가?

－「새로운 사람」

사람들이 나를 두고 하는 소리 중

일치되는 말이 하나 있다

나는 비교적 좋고 싫음이 분명한 편이어서

흑과 백이 너무 확실해서 손해를 많이 보는 편이다

나도 어떤 때에는 이런 나 자신이 좀 버거울 때가 있다

그러나 어쩌겠는가

이게 나인걸

－「흑백」

웃음 한번 웃어 보고 싶다

아주 큰 소리로 아픈 배를 움켜쥐고

멈추고 싶어도 멈추어지지 않는

그렇게 좋은 일 하나 있었으면 좋겠다

― 「웃음」

생각만 해도 소쩍새가 운다

– 「고향」

칼날 같은 마음 하나

- 「스쳐 가다」

두 근거리지 말자

고 장난 시계처럼

보 고 싶은 마음

자 기도 그렇지?

— 「두고 보자」

사소한 마음 하나를

해결하지 못한다

언제나

－「사소한 문제」

요즘엔 초저녁잠이 많아졌다

몰려오는 졸음을 이기지 못하고 잠이 든다

오늘은

아카시아 진한 향이 자장가를 불러줬다

자고 일어나도

그대는 없고

빈 기억만 방안을 떠돈다

− 「어떻게 기억될까?」

단 한 번도 척하지 않고 살지 않은 적이 없었다

이제 그만

솔직해지고 싶다

− 「척」

당신 옆에 눕고 싶은 것

당신 어깨에 기대고 싶은 것

당신하고 나란히 걷고 싶은 것

당신을 바라보는 것

당신을 만지고 싶은 것

당신의 숨소리에 맞추어

숨 쉬고 싶은 것

당신을 당신을

친애하고 존경하고 사랑하는

가난한 마음 하나

— 「그리움 1」

시도 때도 없이 그대가 나를 부르는 것 같아

아무것도 할 수 없어

멍하니 고양이가 된다

그대 말소리에

순간 순간 보게 되는 거울

왜냐구요?

손짓 발짓 몸짓

그대 앞에서 턱- 하고 막혀버린

쫄깃해진 심장이 하는 말

'사랑해'

- 「그리움 2」

오래간만에 편백나무숲으로 들어갔다
햇살 사이사이로 바람이 들어
꽃잎이 나뭇잎이 인사를 한다
'안녕하세요'
자꾸만 따라오는 미련을
과거에 대한 후회,
밀려오는 두려움이 가만가만 숨죽인다
이때, 한쪽에 막 피어나기 시작한 찔레꽃
나는 가슴을 쓸어내리며 인사한다
'안녕하세요'

– 「안녕하세요」

날 때부터 불행을 가지고 태어난 사람은 없습니다

정말 그럴까요?

사는 내내 이 질문을 견디어야 했습니다

단 한 번도 그냥 얻어지는 행복이 없었던 여자는

시간 시간 아니 그냥 사는 것 자체가 견디는 것이었
습니다

달달한 막대 사탕 하나쯤 이제 온전히 제 것으로

하루 종일 입안에 넣고 굴리어 보기를!

오늘도 잘 견디셨습니까?

- 「견디다」

넘어지지 말 것

험한 세상에서

－「넘어지다」

아픈 아이 옆에서 심장을 쥐어짜며 하는 기도

'신이시여, 제가 대신 아프게 해주세요'

– 「대신」

지금,

나는 어디쯤 네 안에 머물고 있는 것일까?

똑 똑

- 「머물다」

그 거리에 가면 플라타너스 잎의 바스락거리는 소리
를 들을 수가 있어

　　아무도 없는 텅 빈 거리를 혼자서 가만가만 쓸고 있는

　　청소하는 아저씨 옆을 조용히 지나면 고소한 소보루
빵을 굽는 빵집의 불빛

　　지금은 어디로 갔을까

　　그 거리는

　　－「거리」

별이 되고 싶은 사람

그중 하나인 나

그런데

문제는 모든 사람이 다 별이 되어버리면

달은 누가 하지?

－「별」

다르다

다르다

다름이 아니라 우리는 다르다

달라서 다르고

다르기 때문에 다르다

아무리 같아지려고 해도

글자부터 다른 걸

    - 「다르다」

아무도 어른이 되진 못한다

자신이 아무리 어른이라고 우겨도

'어른 같은 생각' 혹은 '어른 같은 행동'

요구를 한두 번씩 간혹 들을 수 있기 때문이다

우리는 항상 '철없는' 그 상태로

어른스러워지려고 노력하는 중이다

─ 「어른」

우울한 시간에

두근거림 같은

서두르지도 말자

후두둑 내리지도 말자

발길에 촉촉하게 감겨오는 첫사랑

비가 내리는 회색빛 도시를 걷는다

　－「비를 맞다」

벌판에 누우면 별이 쏟아지는

때로는 눈부신 새파란 그것은

우리에게 따스함을 주고 희망을 준다

— 「천장」

하루를 여는 새들의 지저귐을 듣는 아침

도시에서의 고립감이

새삼

설레는 순간이다

－「고립」

나의 바램은

네가 나를 집착해주는 것이다

슬프도록 아름다운

관계와 관계 속에

잊혀지는 것을 방지하는

– 「집착」

더 이상 빈집이 아니길

아니

문밖에서 조용히 나를 깨우는

가냘픈 목소리가

방문을 똑똑 —

자리에서 일어나

나는 너를 내 집에 들이는 일이

이젠 자연스러운 일이 되었다

　－「빈집」

유리창 너머에서 흐릿해지는 기억

떠나가는 어깨에 내려앉은 12월

뒤돌아보는

속눈썹의 떨림

- 「현상」

내가 사는 길 건너편에는 빨간 우체통이 있다

낡고 작은 우체통이 하필이면 건널목에 딱 있다

편지 부치는 사람 하나 보지 못했다

그래도 뚝심 있게 버티고 서있다

어느 날인가,

"항상 수고가 많아요"

어깨를 뚝 치며 말 한마디 던지는 청년

나는 온종일 히죽거렸다

－「우체통」

다들 조심해요

익숙해지면 모든 게 끝장이니

– 「익숙해지는 순간」

내가 살던 2층집 옥상에서 별똥별을 보았다

잽싸게 소원을 빌었는데

아무런 효험이 없었다

하늘에다 대고 소리쳤다

"하느님, 자기 직분을 다하지 못하는 별똥별 당장 짤

라버려욧!"

  ─「별똥별」

환장하게 좋은 눈 내리는 밤

맨발이면 더욱 좋아

야옹아 서둘러

　─「함박눈」

부러운 사람이 있다

그 사람은 좋은 환경에서 태어나

사랑을 듬뿍 받고 자라서 좋은 사람을 만나

정말 행복하게 잘 살고 있더라

내가 보기엔 그랬어

늘 미소가 아름다운 그녀가

어느 날 내게 말하는 거야

"난 네가 참 부러워

하고 싶은 일 마음껏 하고 지내니까"

– 「하고 싶은 일」

꼭꼭 숨어라

머리카락 보인다

언제까지 숨어 있어야 하니

도저히 못 참겠어

이제 다른 맘 뒤에서 살기 싫어

나도 다시 뛰고 싶어

– 「숨어 있는」

생각나는 골목이 있다

플라타너스 바스락거리는 늦가을

어디선가 컹컹 개가 짖고

곤로 위 김치찌개 한 냄비

연탄가스 마시고 먹었던 동치미 국물맛

침이 고이는 작은 골목길

비질하는 아저씨의 어깨에

내려앉은 하얀 서리

이제 그 골목엔

맛집이 된 추억만 가득하다

－「골목」

자꾸 하면 마약 같은 말

입에 박혀서 찰지게 잘도 나오는

뭐가

도대체 뭐가

모르겠으면 일단 해보는 거야

– 「힘들다는 말」

하루를 생각해보자

두통이 심한 지난 밤에

알약 두 개를 먹고 깊은 잠에 빠졌다 23:00

저녁을 먹는 둥 마는 둥 하고 19:05

상·하로 된 소설을 대충 읽었고 17:17

더운 날씨 탓인지 달달한 아이스커피를 마시며

음악을 들었던 카페의 시원한 에어컨이 생각나는군 13:00

잠깐 지식인다운 인문학 강의를 하나 들으면서 11:40

좀처럼 빠지지 않은 나이 먹은 뱃살에게 푸념을 했다 08:15

남들보다 일찍 일어나 기세 좋게 운동을 06:10

태풍이 지나간 다음날 시원한 바람이 불었다 02:25

그것이 어젠지 오늘인지 아니면 내일인지

내 하루는,

일 년 중 하나

– 「하루」

그때 당신의 손을 놓쳤다

살이 하나도 붙지 않는 손가락이

하늘을 가리켰다

그 모습이 너무 눈부셔

나는 그대에게로 갔다

하늘에는 쌍무지개가 떠 있었다

그것을 볼 줄 아는 당신

찬란한 무지개만 보였던 눈먼 내가

놓친 당신의 그림자를 붙들고 산 지 몇십 년

이제는 그만 놓고 싶다

ㅡ「놓았거나 놓쳤거나」

봄이 되면 콧노래를 불러요

봄 처녀는 치맛자락을 들썩거리며

춤을 춘대요

아지랑이 사이사이 그리운 얼굴 하나, 둘

나타났다 사라지는 신기루 오면

열아홉인 내가 배시시 웃으며 오십줄 훌쩍 넘긴 나에게 넙죽 절을 하네요

이번 봄이 오면

꼭 나를 위해 오렌지나무를 심을 거예요

  ─ 「봄이 되면」

누구나

모두에게 사랑받기를 소망하고

그것을 위해 노력하며 살아간다

'사랑' 안에는 많은 것들이 들어있다

실력을 인정받는 것도, 이성 간의 애정도

그리고 그 속에는 우리가 알지 못하는

'미움'도 들어있다

아니 솔직히 말하자면 우리는 그것을 너무 잘 안다

왜냐하면

미움도 사랑이니까 말이다

어쩌면 미움받는 것이 더 지독하고

깊은 마음일지도 모르겠다

사랑은 식으면 그만이지만

미움은 정말 오래도록

저마다의 뼛속에서, 세포 속에서

숨죽이다가

이따금씩 가슴 통증을 유발하기 때문이다

－「미움받다」

어떤 문제를 놓고 생각해보면

모두 각자의 입장에서 보면

피해자 가헤자가 된다

내가 나의 엄마를 바라보는 눈과

나의 딸들이 나를 바라보는 눈과

나의 엄마가 나를 안타까워하는 마음과

할머니에 대한 애틋함

딸들에 대한 감사와 미안한 나의 마음

그렇다

어리석게 가난한 마음들이어서

따뜻하다

가족으로

다른 것은 아무 소용없다

− 「소용없다」

자, 이제 당신의 이야기를 들려주실래요?

나, 할 말이 있어

©정량미, 2020, Printed in Seoul, Korea

초판 1쇄 인쇄 | 2020년 09월 15일
초판 1쇄 발행 | 2020년 10월 01일

지은이 | 정량미
펴낸이 | 고미숙
편집인 | 채은유
디자인 | 구름나무
펴낸곳 | 쏠트라인saltline

등록번호 | 제452-2016-000010호(2016년 7월 25일)
전화번호 | 010- 2642-3900
전자우편 | saltline@hanmail.net

ISBN : 979-11-88192-70-0(02810)
값 : 10,000원

이 도서의 국립중앙도서관 출판예정도서목록(CIP)은 서지정보유통지원시스템
홈페이지(http://seoji.nl.go.kr)와 국가자료공동목록시스템(http://www.nl.go.
kr/kolisnet)에서 이용하실 수 있습니다. (CIP제어번호 : CIP2020039067)